ROTE LIPPEN

BLAUE BOHNEN

FM

FRANK MILLER

ROTE LIPPEN

BLAUE BOHNEN

SCHREIBER & LESER

1. Auflage 1999

Alle deutschen Rechte bei
Verlag Schreiber & Leser, Sendlinger Str. 56
80331 München

ISBN 3-933187-11-7

Titel der Originalausgabe:
Sin City - Booze, Broads, & Bullets

Gedruckt in Italien bei: LITOSEI s.r.l. - Bologna

Danksagung

Den Titel dieses Bandes haben wir im Andenken an den unübertroffenen Eddie Constantine und mit freundlicher Genehmigung der Constantine Film Verleih GmbH gewählt. Angesichts der Atmosphäre in Sin City und der Charaktere drängt sich ohnehin der Verdacht auf, dass Frank Miller den einen oder anderen Eddie-Film gesehen hat...

INHALT

Alle Geschichten geschrieben und gezeichnet von
Frank Miller

Cover-Colorierung von Lynn Varley

SIN CITY
SAMSTAG ABEND

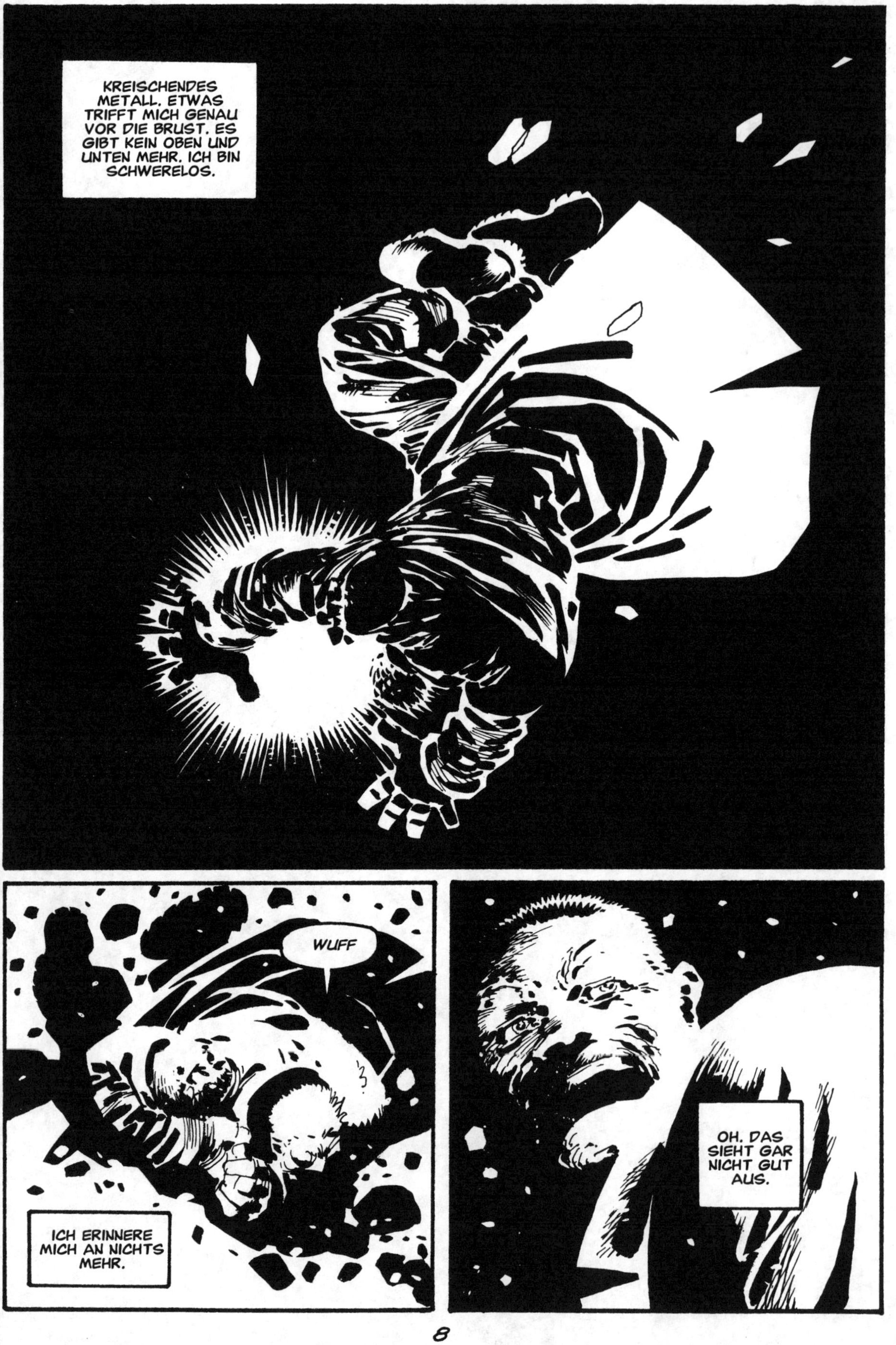
KREISCHENDES METALL. ETWAS TRIFFT MICH GENAU VOR DIE BRUST. ES GIBT KEIN OBEN UND UNTEN MEHR. ICH BIN SCHWERELOS.
WUFF
ICH ERINNERE MICH AN NICHTS MEHR.
OH. DAS SIEHT GAR NICHT GUT AUS.

POLICE
95
PLIP
WIESO BIN ICH HIER HER?
WAS HABE ICH GETAN... WARUM?
ICH ERINNERE MICH UMS VERRECKEN NICHT.
HABE WOHL VERGESSEN, MEINE PILLEN ZU NEHMEN.
IN MEINER VERFASSUNG SOLLTE MAN DIE PILLEN NIE VERGESSEN.
EINE KUGEL IM ARM.
DIE WUNDE IST FRISCH. KEINE STUNDE ALT.
WIE ICH DIE WOHL EINGE-FANGEN HABE?
UMS VER-RECKEN KEINE ERINNERUNG.

SNAP!
DIE SOZIAL-SIEDLUNG. HÄSSLICH WIE EH UND JE. WAS WILL ICH HIER?
ICH KANN MICH UMS VERRECKEN NICHT ERINNERN.
TIEF EINATMEN. LANGSAM AUSATMEN. ENTSPANNEN. ÜBERLEGEN. DIE TEILE ZUSAMMENSETZEN. WIE LUCILLES ANALYTIKERIN ES MIT MIR TRAINIERT HAT.
PLIP PLIP PLIP
ENTSPANNEN. ÜBERLEGEN. ES IST SAMSTAG...

...SAMSTAG. ALSO HABE ICH GERADE DEN ZOFF BEI KADIE'S HINTER MIR. WO ICH NANCY SAH.

YEAH. EINFACH EIN SAMSTAGABEND. UND DIE ANDEREN LOSER WIE ICH LIESSEN SICH DEN STOFF REINLAUFEN UND GIERTEN WIE DIE IDIOTEN NANCY AN.
EINFACH EIN SAMSTAG-ABEND.
JUNGE, DIESE NANCY IST HEISS...

NANCY HATTE IHRE NUMMER KAUM HALB DURCHGEZOGEN, ALS SIE PLÖTZLICH ERSTARRTE. SPRANG GLATT VON DER BÜHNE UND ZOG MIT DIESEM DADDY AB.
WIRKLICH EIN STARKES STÜCK.
ICH WEISS NICHT, WIESO, ABER ICH FÜHLTE MICH WIE EIN LUFTBALLON OHNE LUFT. JOSIE HINTER DER BAR HATTE MITLEID MIT MIR UND SCHOB MIR EINE FLASCHE RÜBER. KOSTENLOS.
ICH PUTZTE GERADE DEN BODENSATZ WEG UND FRAGTE MICH, WIE ES WEI-TERGEHEN SOLLTE, ALS MIR DIESER WIDERLICHE GERUCH IN DIE NASE STIEG.
AAAAAAA
VERBRANN-TES HAAR.
VER-SCHMORTES FLEISCH.
LASST MICH.
VERDAMME BASSARDS.

ALS OB DIE ARMEN ALTEN ALKIS NOCH NICHT GENUG SCHEISSE HÄTTEN.
DÄM-LICHE STUDEN-TEN.
VERWÖHNTE REICHE SÖHNCHEN.
WEG DA...
UGH!
WHUKK
SNAP!
KASHH

VERZIEH DICH HINTER DEINE FLASCHE, BERNINI.
BLAM
GARR
SPUKK
WIESO HATTE ER MICH "BERNIE" GENANNT?..
...DIE KUGEL RISS MIR EIN STÜCK AUS DER SCHULTER UND WARF MICH AUF DEN ARSCH. DIE STUDENTEN KRIEGTEN KALTE FÜSSE UND SUCHTEN DAS WEITE.
JEDENFALLS WEISS ICH JETZT, DIE SIND VON DER ÜBLEN SORTE.
NICHTS DAGEGEN EINZUWENDEN, SIE UM DIE ECKE ZU BRINGEN.
ZUM TEUFEL, DAS IST GERADEZU BÜRGERPFLICHT.
KOFF
GOTT...
TUT DAS WEH...
SNAP!
SIE SUCHTEN DAS WEITE.
UND ICH TAT MEINE BÜRGER-PFLICHT.

GARR
GRR
UH?
WUFF
KONK
HEFF
WAS ZUM TEUFEL... WAS ZUM TEUFEL...

AAA
YAA
SKASH
YAA
PUNT
UUH!

DA FASSTE ICH DEN PLAN.
WENN SIE DIE UNIVERSITÄT DRAUSSEN IN SACRED OAKS ERREICHTEN, WÜRDE ICH SIE NIE PACKEN.
ALSO JAGTE ICH SIE HERUM WIE EINEN HOCKEY-PUCK.
KANK
SCHNITT IHNEN AN JEDER ECKE DEN WEG AB.
ICH LIESS IHNEN KEINEN AUSWEG AUSSER DEN HÜGEL.
ZU DER SIEDLUNG.
CRASHH
ZWEI HAUTEN AB. AUCH DER ROTZBENGEL MIT DER KNARRE, DER MICH BERNIE GENANNT HATTE.
ICH KÖNNTE AUCH GEHEN UND SIE DA LASSEN. MEINE ALTEN NACHBARN WÜRDEN SICH SCHON UM SIE KÜMMERN.
ABER NEIN...
...WARUM DENEN DEN SPASS GÖNNEN?

PLIP
BOOOOM
HA HA HA HA HA HA HA HA HA
NUR DIE RUHE. NICHT ZU SEHR AUFREGEN. NOCH NICHT.

DIE SOZIAL-SIEDLUNG.
HIER BIN ICH GEBOREN.
WENN MEINE MUTTER NICHT KRANK GEWORDEN WÄRE, WÜRDE ICH VERMUTLICH NOCH HEUTE HIER WOHNEN.
HUFF HUFF
VERDAMMT... ER...
MEINE ALTE NACHBARSCHAFT.
MEINE ALTEN NACHBARN.

SIE ZEIGTEN WIEDER, DASS SIE AUFPASSTEN.
THUNK
THUNK
THUNK THUNK
UH...
WAS...
ICH ZEIGE WIEDER, WER ICH BIN.
WAS... DER...
ICH SAGE IHNEN, WAS ZU TUN IST.
WAS...
AAH

TOK
TOK
TOK
TOK
GOTT...
O GOTT...
BITTE...
NEIN
THTT
GAA

WARUM HAST DU MICH "BERNIE" GENANNT?
WAS?
DAS MESSER!
BEVOR DU GESCHOSSEN HAST, NANNTEST DU MICH "BERNIE." WARUM?
BERNINI. DAS IST EINE MARKE. DEIN MANTEL IST EIN BERNINI.
WHUNGG
FAPP
DANKE FÜR DIE INFORMATION.

SHAKK
EIN BERNINI ALSO. IST EIN GUTER MANTEL. JEMAND MUSS EIN VERMÖGEN DAFÜR BEZAHLT HABEN.
ICH FRAGE MICH, WER.
UND AUSSERDEM...
...WO ZUM TEUFEL HABE ICH DIE HAND-SCHUHE HER?
ICH KANN MICH UMS VER-RECKEN NICHT ERINNERN.
ENDE

DIE RAND-BEDINGUNGEN UNSERES AUFTRAGS WURDEN GENAUESTENS SPEZIFIZIERT, MR. SHLUBB. WIR SOLLEN DIE WARE IN DEM WASSER VERSENKEN, VOR DEM WIR NUN-MEHR STEHEN.
WIR ERHIELTEN WEITERHIN DEN RAT, AN DIESEN EXAKTEN DETAILS NICHTS EIGENMÄCHTIG ZU VERÄNDERN.
ICH KANN IHRER ENGEN AUSLEGUNG DER ANWEISUNGEN LEIDER NICHT ZUSTIMMEN, MR. KLUMP.
DOUGLAS KLUMP UND BURT SHLUBB, ZWEI KLEINE LOHNKILLER, LAUFEN UNTER DEM TEAM-NAMEN...
DICKWANST UND BÜBCHEN

WIE DEM AUCH SEI. ABER MIT VER-LAUB, MR. SHLUBB, ICH MUSS DENNOCH BEMERKEN, DASS DERGESTALTES SCHUHWERK EIN-FACH NICHT DAFÜR STEHT, DASS WIR UNS DURCH SO EIN UNTERFANGEN DEN UNWILLEN UNSERER BEREITS UNWILLIGEN AR-BEITGEBER ZUZIEHEN.
BEI BESAGTEM SCHUHWERK HAN-DELT ES SICH IMMER-HIN UM HANDGEFER-TIGTE STIEFEL, WENN ICH RICHTIG SEHE. ICH SCHÄTZE DEN PREIS DIESES PAARS AUF 200 DOLLAR... UND SIE ENT-SPRECHEN ZUFÄLLIG GENAU DEN ABMESSUN-GEN MEINER EIGENEN FÜSSE, MR. SHLUBB.

IHRE BEDÜRFTIGKEIT EINMAL DAHINGESTELLT, DOCH SIE ERINNERN SICH, DASS WIR UNTER BEOBACHTUNG STEHEN. UNSERE SCHWACHE LEISTUNG VON NEULICH, ALS WIR EINEN MORDZEUGEN KALT STELLEN SOLLTEN...
...HAT UNS DIESEN UNTERGEORDNETEN HAUSMEISTER-JOB EINGEBRACHT, MR. SHLUBB.
GENAU DAHER STEHT AUCH VÖLLIG AUSSER FRAGE, MR. SHLUBB, DASS DIE ANSCHAFFUNG, DIE ICH IM AUGE HABE, IHREN BESONDEREN REIZ BESITZT. ZUDEM WIRD DER TRÄGER DIESES EXQUISITEN SCHUHWERKS KAUM IN DER LAGE SEIN, UNSERE ARBEITGEBER ÜBER UNSERE AKTION ZU INFORMIEREN.
DENN BESAGTER TRÄGER IST EINE LEICHE

ABER BEI UNSERER MOMENTANEN POSITION IN DER UNTERWELT KÖNNEN UNS SELBST KLEINE UNREGELMÄSSIGKEITEN SEHR SCHADEN, MR. SHLUBB.
ICH MUSS LEIDER DARAUF BESTEHEN, MR. KLUMP. AUFGRUND UNSERER HEIKLEN EINKOMMENSSITUATION BESITZE ICH NUR HÖCHST UNZUREICHENDE FUSSBEKLEIDUNG.

ICH MELDE PROTEST AN, MR. SHLUBB!
IHR PROTEST IST REGISTRIERT, MR. KLUMP... UND NUN KOMMT DIE ÜBERRASCHUNG! DENN IN DIESEN STIEFELN STECKEN GAR KEINE FÜSSE!
WAS DIE FRAGE AUFWIRFT, WIESO DER TEPPICH SO SCHWER WAR, OBWOHL KEINE LEICHE DARIN WAR? UND WOHER DIESES GERÄUSCH, DAS WIE DAS TICKEN EINER UHR KLINGT?

MAN HAT UNSERE FEHLLEISTUNG ALSO NICHT VERGESSEN, MR. SHLUBB.
DAS KANN ICH NUR BESTÄTIGEN, MR. KLUMP.
ENDE

KÖNIG KUNDE
SIE BEBT IM WIND. DAS LETZTE BLATT EINES STERBENDEN BAUMS.
ICH LASSE SIE MEINE SCHRITTE HÖREN. SIE SCHRICKT NUR KURZ ZUSAMMEN.
ZIGARETTE?
JA, DANKE.
FINDEN SIE DIE PARTY AUCH SO LANGWEILIG?

ICH BIN NICHT WEGEN DER PARTY HIER, SONDERN WEGEN IHNEN. ICH BEOBACHTE SIE SEIT TAGEN. SIE SIND EINE TRAUMFRAU.
UND WAS SEHEN SIE DARIN?
ES IST NICHT NUR IHR GESICHT, IHRE FIGUR, IHRE STIMME. SONDERN WAS ICH IN IHREN AUGEN SEHE.
EINE UNHEIMLICHE RUHE. SIE SIND ES LEID, DAVONZULAUFEN. SIE STELLEN SICH.
ABER SIE WOLLEN ES NICHT ALLEIN TUN.
NEIN, DABEI WILL ICH NICHT ALLEIN SEIN.

GEWITTER-STIMMUNG. ES STÜRMT.
SIE IST WEICH UND WARM UND FEDER-LEICHT. IHR PARFUM IST EIN VERSPRECHEN, DAS MICH ZUM WEINEN BRINGT.
ICH SAGE IHR, DASS ALLES GUT GEHEN WIRD. DASS ICH SIE VOR ALLEM BE-SCHÜTZE, WAS SIE ÄNGSTIGT, UND MIT IHR WEIT, WEIT WEG GEHE.
ICH SAGE IHR, DASS ICH SIE LIEBE.
DER SCHALLDÄMPFER MACHT AUS DEM SCHUSS EIN FLÜSTERN.
ICH DRÜCKE SIE AN MICH, BIS ES VORBEI IST.
ICH WERDE NIE WISSEN, VOR WAS SIE DAVONLIEF.
MORGEN LÖSE ICH IHREN SCHECK EIN.
ENDE

SCHÖN BRAV SEIN.

stille nacht

BLAM
BLAM

BLAM

DEINE MAMI VERMISST DICH, KIMBERLY. KOMM, WIR GEHEN NACH HAUS.

ENDE

WOLLT IHR JETZT ENDLICH BRAV SEIN?

UND HINTER DER DRITTEN TÜR...
KREEEK!

DU SIEHST ECHT SUPER AUS. STIMMT ALSO, WAS SIE VON SIN CITY-MÄDCHEN ERZÄHLEN.
DU HAST ABER EIN GROSSES MESSER, COWBOY. GEHST DU AUF JAGD?
IN DEN KLEBRIGEN STRASSEN DER SOGENANNTEN "ALTSTADT" KÖNNEN ALLE DEINE TRÄUME WAHR WERDEN.
SOLANGE DU BARGELD HAST... UND DICH AN DIE REGELN HÄLTST,

ICH WAR SCHON, SCHATZ, UND HABE FETTE BEUTE GEMACHT.
FUCHTELE NICHT SO HERUM, DU TUST DIR NOCH WAS.
KEINE BANGE, ICH KANN MIT MESSERN UMGEHEN. UND ICH WERDE DER LETZTE MANN SEIN, DER ES DIR BESORGT.
FANG BLOSS NICHT AN ZU SCHREIEN.
ICH SCHREIE NIE.
GAIL! WIR HABEN KERL!
KREEEK!

GAAA
BLAM!

♪
GHURG
DU BIST EIN KRUMMER HUND, COWBOY. DU HAST DICH SELBST VERRATEN. ICH WUSSTE NACH ZEHN MINUTEN, DASS DU DIE MÄDCHEN AUFGESCHLITZT HAST. IN MEINER BRANCHE LERNT MAN, LEUTE AUSZUHORCHEN.
AUSSERDEM HAB ICH ES IN DEINEN AUGEN GELESEN. SOWAS LERNT MAN AUCH.

HOL DIE BULLEN, ICH GESTEHE...
MMFF
BULLEN KOMMEN NICHT IN DIE ALTSTADT. JEDENFALLS NICHT IM DIENST. WIR MÄDCHEN SIND UNSERE EIGENE POLIZEI. UND WIR SIND FAIR, WIE IN DER BIBEL - AUGE UM AUGE.
BULLEN. SO EIN TROTTEL
MIHO! DU KANNST KOMMEN!
KREEEK!
DU WIRST MIHO MÖGEN. SIE KANN AUCH MIT MESSERN UMGEHEN.
ADIOS, AMIGO.
ENDE

BLUE EYES
WIEDER DER!
WO IMMER ICH BIN - ER IST DA! ER VERFOLGT MICH. ER JAGT MICH. WAS WILL ER BLOSS?
TOK
TOK
ABER WAS MACHE ICH MIR EIGENTLICH VOR? ICH WEISS GENAU, WAS ER WILL!
EIN LOHN-KILLER.
ER BRINGT MICH UM!

NFF
ER BRINGT MICH UM...
ECKE 3. STRASSE.
...ABER NUR, WENN ER MICH HAT... UND ICH KENNE ALLE GASSEN HIER!
WHUFF
HUFF HUFF
HUH?
GNAA GNAA
PEFEKT! DIE KARRE SCHLIESSE ICH LOCKER KURZ!
KOMM, BABY... SPRING AN...
YEAH... OH YEAH...
RRRRR
RVV

HAH!
WVROOM!
UND NUN PACK MICH, DU HUND!
SCRIECH!
MANUTE.
COLONEL.

SCREECHH
GANZ RUHIG. ICH HABE IHN ABGEHÄNGT.
ERST MAL WAS TRINKEN. UND ÜBER-LEGEN.
DAS AUTO MUSS WEG. ER HAT ES GESEHEN. COOL BLEIBEN.
EINE ANDERE KARRE KLAUEN UND AUS DER STADT.
ALLES OKAY. MUSS MICH BERUHIGEN.

ABER DAS MACHT KEINEN SINN. ICH BIN EIN NIEMAND! WARUM EINEN KILLER AUF MICH ANSETZEN?
COOL BLEIBEN. HIER KENNT MICH KEINER. ALLES OKAY.
EXIT
GOTT, DIE TÄNZERIN! WOHER HABEN SIE DIE BLOSS? SAGEN-HAFT...
HAB KEIN SOLCHES SUPER-WEIB MEHR GESE-HEN...
...SEIT DELIA...
ICH IDIOT! JETZT AN DELIA ZU DENKEN...
IDIOT! HOHL DIR EINEN DRINK!

SIN CITY MÄDCHEN. GIBT'S NIRGENDS SONST.
ÜBER DIE KÖNNTE ICH ROMANE SCHREIBEN...
WAS, ER LEBT? DU SAGST, DWIGHT LEBT?!
POSAUNE DAS NICHT SO RUM, DUMMCHEN.
SAG DEN BULLEN, WAS ABGEMACHT WAR.
HIER BIN ICH SICHER. KEINER KENNT MICH.
...MICH EINFACH STEHEN GELASSEN, DIE ALTE... UGH...
BLAGG
ACH, SHIT...
OVE
CHINE

HALLO, SUGAR. WAS DARF'S SEIN?
EINE FLASCHE WHISKY UND EIS.
ER IST NIRGENDS ZU SEHEN.
ICH BIN SICHER.

TOK
TOK TOK
TOK

CHINK
CHINK
CHINK
CHINK
CHINK
CHINK

HER MIT DEN BIEREN, JOSIE. MEINE COWBOYS SIND ZIEMLICH UNGEDULDIG.
DER IST EIN ÜBER-MENSCH!
JUNGE, DIESE NANCY IST'N HAMMER!
DA HAST DU RECHT, MARV.
EINEN MARTINI, ZWEI OLIVEN.
KOMMT SOFORT, SCHÖNER MANN.
ICH MUSS EIN NEUES FASS AUFLEGEN, SHELLIE. SAG BESCHEID, WENN SIE FRECH WERDEN.
GLUG
EIN ÜBER-MENSCH!
ES GIBT KEINEN AUSWEG!
HUFF HUFF
BLUP BLUP
ER KILLT MICH!
GLUG

JIM?
DIESE STIMME! O NEIN...
NICHT SIE! NICHT HIER! NICHT JETZT!
KONK
DELIA...
...O JIM, NENN MICH WIEDER SO WIE FRÜHER... BITTE, NENN MICH "BLUE EYES"...
ALL DIE EIN-SAMEN JAHRE HABE ICH GE-BETET... DASS DU MIR NOCH EINE CHANCE GIBST!
ICH WAR JA SO DUMM...
...DARLING... WARUM SAGST DU DENN GAR NICHTS?
PASS DOCH AUF, MANN...
...VERSTEHE. ICH WILL DICH NICHT BELÄSTI-GEN.

DELIA... NEIN... DU VERSTEHST NICHT... ICH WERDE VERFOLGT! MEINE NÄHE KANN DEINEN TOD BEDEUTEN!
...KANN'S NICHT AB, WENN GUTER STOFF VERSCHWENDET WIRD.
EIN VERBRECHEN SOWAS.
BRAUCHST KEINE LÜGEN ZU ERFINDEN.
ICH LÜGE NICHT! ICH LIEBE DICH NOCH IMMER! ICH HABE NIE AUFGEHÖRT, DICH ZU LIEBEN!
DARLING... WENN DAS DEIN ERNST IST...
BABY... BLUE EYES...
JIM... O JIM...
DER HAT 'NEN SCHÖNEN ABEND VOR SICH...
DER GLÜCKSPILZ.
EINEN MOMENT...
BARKEEP! WO IST DER MANN HIN?
HAB NICHTS GESEHEN, HONEY.
HEY, ROMEO, WENN DU NICHT AUSTRINKST... ICH MEINE, WENN DU SOWIESO GEHST...

HAB IMMERHIN GEFRAGT!
GLUG GLUG
VIELLEICHT HABE ICH DOCH EINE CHANCE! ICH MUSS SOFORT WEG!
ABER NICHT ALLEIN!
ES IST GEFÄHR-LICH!
EGAL, ICH BLEIBE BEI DIR!
MUSS LIEBE SCHÖN SEIN. ICH HEULE GLEICH.
DA HAST DU RECHT, MARV.
JUNGE, DIESE NANCY IST'N HAMMER!

DELIA, LIEBSTE. WIR HABEN UNS WIEDER. ICH GEHÖRE DIR MIT LEIB UND SEELE. FÜR IMMER.
ABER WAS HAST DU DENN?
SIE SIND SO GNADENLOS...
ICH LIEBE DICH, JIM. ICH WUSSTE GAR NICHT, WIE SEHR...

SNAP!
...UND DESHALB STIRBST DU!
NACH UNSERER TRENNUNG GERIET ICH IN ÜBLE KREISE. ICH HEIRATETE. ER SCHLUG MICH. ICH ERSCHOSS IHN.
ICH BIN GUT IM TÖTEN. UND ES GEFÄLLT MIR. SEHR.
ICH BIN IN EINER GILDE MIT ANDEREN MEINES SCHLAGES. UND WIR HABEN EINE MENGE KUNDEN.
HEUTE ENDET MEINE AUSBILDUNG. ICH BIN IN ALLEM PERFEKT, NUR EINS MUSS ICH NOCH UNTER BEWEIS STELLEN.

DASS ICH DEN MANN ERMORDEN KANN, DEN ICH LIEBE.
BABY...
...UND ICH KANN ES.
KRUNCH
SEHR GUT.
ABER ICH WEINE.
DAS GEHÖRT DAZU. DU BIST ANGENOMMEN. HIER IST DEIN ERSTER JOB.
WIE IST DEIN CODE-NAME?
NENN MICH "BLUE EYES."
ENDE

FM

RATTEN
REGEN. SEHR KALT.
WIE IN LONDON.
DAS IST NICHT LONDON
SPEK
SPEK
SPEK
SPEK
IST AMERIKA.
VERJAGT AUS LONDON.
SPEK
SPEK
SPEK
VERJAGT VON RATTEN.
PLINK

IMMER
KALT IN
LONDON.
IMMER
REGEN.
KREEK
SPUKK
REGEN.
SEHR
KALT.
SCHLECHT
FÜR ARTHRITIS.
KREEK
SCHLECHT FÜR
GELENKE.
KREEK

LONDON.
IMMER FEUER
AM HIMMEL.
KREEK
FEUER. SEIT
JAHREN.
JAHRE SEIT
BLITZ.
SHUMP
SHUMP
KLAR DOCH DER
BLITZ KRIEG.
SHUMP
SHUMP
ENGLAND NENNT
ES BLITZ.
GULP
AMERIKA
NENNT ES
BLITZ.

JEDERMANN NENNT ES BLITZ.
SHUMP SHUMP
ALSO OKAY. ES IST DER BLITZ.
SNIFF SNIFF
RATTE.
HUNGRIGE RATTE.
SNIFF
SNIFF
SIE HATTEN JA AUCH HUNGER.
HUNGRIGE RATTEN.
SNIFF SNIFF

DUMME RATTEN.
SIE QUIEKEN SO.
SKEEK! SKEEK!
TAUSENDE.
WIE SIE QUIEKEN.
KEIN FEUER.
NUR GAS.
SSSS
WIE SIE QUIEKEN.
SSSS
THUMP
HNH?

ENDE

"DADDY'S LITTLE GIRL"
ES RIECHT VERBRANNT, ICH BIN GEBLENDET, DAS DRÖHNEN LÄSST MEINE ZÄHNE KLAPPERN.
SIN CITY
BLAM!
DER SCHUSS HALLT DURCH DEN EINSAMEN WALD.
SCHAFFE ICH DAS?
KANN ICH WIRKLICH EINEN MANN TÖTEN?
DENK AN AMY.
O JOHNNY, DU BIST SO SÜSS...
ICH SCHAFFE ES.
DENK AN AMY.

AMY. SÜSSE, HÜBSCHE AMY. MEINE GROSSE LIEBE.
ICH LIEBE DICH AUCH, JOHNNY. ABER ES GEHT NICHT. WEGEN DADDY. ICH BIN ZWANZIG, ABER ER HÄLT MICH IMMER NOCH FÜR SEIN KLEINES MÄDCHEN. KEINER IST IHM GUT GENUG.
WIR WERDEN JA SEHEN, DARLING.
ICH GEBE "DADDY" EINE CHANCE. ABER NUR EINE.

DIE HÜTTE STINKT NACH GELD.
DADDYS GELD.
ER STARRT MICH FINSTER AN, NOCH BEVOR ICH AUSGESTIEGEN BIN.
ALS HÄTTE ER MICH ERWARTET.
ACH WAS, UNSINN.
ER HAT BLOSS JEMANDEN KOMMEN GEHÖRT.
SCHAFFE ICH DAS?
KANN ICH IHN TÖTEN?

O JOHNNY... JOHNNY, HÖR NICHT AUF...
SIR... ICH MÖCHTE SIE UM DIE HAND IHRER TOCHTER BITTEN...
SIE WOLLEN NICHT IHRE HAND, SONDERN EINEN GANZ ANDEREN KÖRPERTEIL.
VERGISS ES, JUNGE! SIE GEHÖRT MIR! DU RÜHRST SIE NIE MEHR AN!
ICH MÖCHTE SIE HEIRATEN, MISTER!
NUR ÜBER MEINE LEICHE.

MEINE TOCHTER TUT, WAS ICH IHR SAGE... SIE HAT IHNEN SICHER GESAGT, WAS ICH IHR AUFGETRAGEN HABE.
JA, ICH ERINNERE MICH AN JEDES EINZELNE WORT...
ES IST AUS, JOHNNY. LEB WOHL.
DADDY SAGTE, ER WÜRDE MICH ENTERBEN. MIR BLIEBE ÜBERHAUPT NICHTS MEHR!
...DURCH-BRENNEN? VON DEINEM EINKOMMEN LEBEN? NEIN, JOHNNY, WENN DU MICH WIRKLLICH LIEBST...
SIEH MAL IN DEINE SCHUBLA-DE.

...O JA, JEDES WORT. UND DESHALB WERDEN SIE JETZT STERBEN!
HA HA HA HA HA
DAS WAGST DU NICHT!
BLAM! BLAM!
O GOTT... O GOTT...
WAS HABE ICH GETAN?
ICH VERDIENE AMY NICHT!
ICH VERDIENE DEN TOD!
ICH STELLE MICH DER POLIZEI. JA, GENAU...
UH?
NOCH NIE VON PLATZPATRONEN GEHÖRT?
DU HAST GERADE EIN PAAR ABGEFEUERT.

WHOK!
MIT JEDEM HIEB ZERTRÜMMERT ER ETWAS IN MIR.
ES NIMMT KEIN ENDE.
O DADDY...

...DIESER HAT SICH ABER KAUM GEWEHRT, NICHT?
GLEICH DER ERSTE HIEB HAT IHN BENOMMEN GEMACHT.
BIST DU ENTTÄUSCHT? ES HAT DICH BE-STIMMT NICHT ERREGT.
WART'S AB, BABY. WIR HABEN UNSEREN SPASS...
...WENN ICH MIT IHM FERTIG BIN.
SORRY, JOHNNY, ABER DADDY WIRD ÄLTER... ER IST NICHT MEHR LEICHT ERREGBAR.
SEINE FINGER DRÜCKEN MEINE KEHLE ZU.
ICH WEHRE MICH NICHT EINMAL.

ENDE

FALSCH ABGEBOGEN

HNH?

SORRY, ES KAM SO ÜBER MICH. ICH MUSS ÜBEL AUSSEHEN.
SIE SEHEN... UH, REIZEND AUS. WAS IST PASSIERT?
ICH HATTE EINE AUTOPANNE. ICH WOLLTE HILFE HOLEN, ALS ES MIR PLÖTZLICH AM GANZEN KÖRPER KRIBBELTE. DANACH WEISS ICH NICHTS MEHR.
VERMUTLICH HAT EIN BLITZ SIE GETROFFEN. ICH BRINGE SIE AM BESTEN ZUM ARZT.
UND VERGEUDEN DIE SCHÖNE NACHT?

ICH SOLLTE MICH SCHÄMEN FÜR MEINE PHANTASIEN.
SIE SAGT, IHR NAME IST DELIA. ICH SAGE IHR MEINEN.
BIST DU VERHEIRATET, PHIL..?
...ÄH, NEIN. ICH BIN SINGLE.
EINE GLATTE LÜGE. ICH HABE NOCH NIE GELOGEN. MEIN LEBEN LANG NICHT.
WENN DONNA BLOSS NICHT SO AUSFÄLLIG GEWORDEN WÄRE.
SIE IST SCHULD, WENN ICH JETZT ETWAS UNRECHTES TUE.
DA VORN IST DIE ABZWEIGUNG. KÜMMERE DICH NICHT UM DAS VERBOTSSCHILD, DAS MACHT KEINER HIER.
STIMMT WAS NICHT? DU WIRKST VERSPANNT.
NEIN, NEIN. ABER WOHIN...
...FAHREN WIR? SO WEIT KONNTEST DU DOCH UNMÖGLICH LAUFEN.
WIR FAHREN NICHT ZU MEINEM AUTO, DUMMERCHEN.
SONDERN ZU DEN GRUBEN.

WAS, EIN AUSFLUG BEI DIESEM WETTER?
ES GIBT EINEN SAMURAI-SPRUCH, PHIL...
DO NOT ENTER
"REGEN IST NUR DANN SCHLECHT, WENN DU TROCKEN BLEIBEN WILLST."
ICH BIN GERN NASS.
SEI KEIN FROSCH.

DIE GRUBEN
DIE SANTA YOLANDA TEERGRUBEN.
DER DIESE FIGUREN HIER AUFGESTELLT HAT, MUSS ARM GEWORDEN SEIN, ALS MAN DIE GRUBEN SCHLOSS.
ABER ICH SEHE DIE FIGUREN KAUM... UND NICHT, WEIL MEINE BRILLE NASS WÄRE.
ICH HABE NUR AUGEN FÜR SIE.
ZUM ERSTEN MAL WAR ICH ALS TEENAGER HIER.
DEN ABEND VERGESSE ICH NIE.

ES REGNETE GENAU WIE HEUTE.

ICH LIEBE REGEN.

MEIN ERSTER FREUND UND ICH. DER SOMMER GING ZU ENDE. ER WÜRDE WEGGEHEN, AUFS COLLEGE.

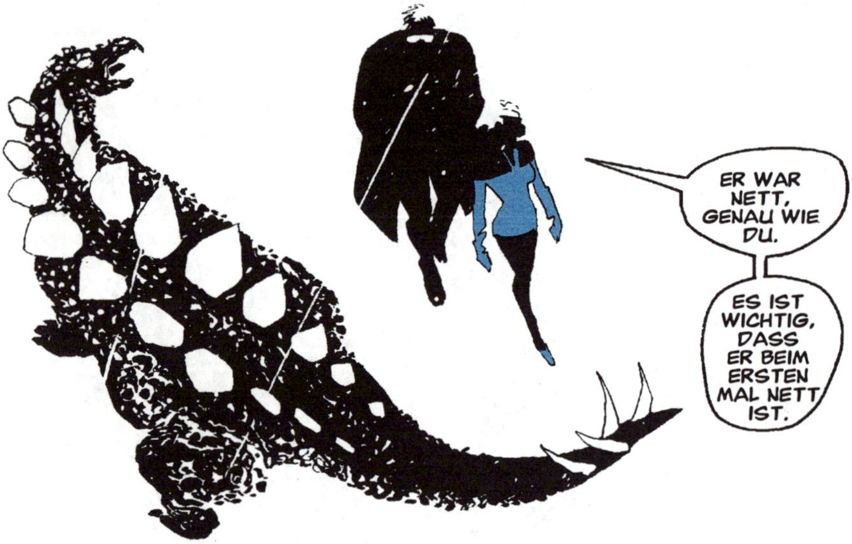
ER WAR NETT, GENAU WIE DU.
ES IST WICHTIG, DASS ER BEIM ERSTEN MAL NETT IST.

ER WAR ZÄRTLICH UND GAR NICHT HASTIG WIE DIE MEISTEN IN DEM ALTER.
ER HAT MICH LANGE GEKÜSST.
ERST AUF DEN MUND.
DANN KÜSSTE ER MICH HIER.
UND DANN DA UNTEN.

GULP!
PHIL...
...MÖCHTEST DU MICH KÜSSEN?

I-ICH MUSS DIR ETWAS GESTEHEN, DELIA.
NICHT JETZT ...
ICH WILL EHRLICH ZU DIR SEIN. ICH KANN EINFACH NICHT LÜGEN.
JETZT NICHT... MACH WEITER ...
ICH BIN VERHEIRATET. MIR IST ES JA EGAL, ABER DIR VIELLEICHT NICHT.
WARUM SAGST DU SO WAS? DAS STIMMT DOCH NICHT.

DASS DU EINEN FALSCHEN NAMEN NENNST, KANN ICH JA NOCH VERSTEHEN... ABER WIESO BEHAUPTEST DU, VERHEIRATET ZU SEIN?
ICH KENNE DEINE AKTE.
DU BIST EDDIE DUBOIS. DU HAST DEN WAGEN VOLL MIT GESTOHLENEM SCHMUCK, DEN DU IN SACRED OAKS VERKAUFEN WILLST. DAS IST GEGEN DIE EXKLUSIV-ABMACHUNG MIT DER WALLENQUIST-GRUPPE.
GAKK
VON WAS REDEST DU?

ICH FÜRCHTE, WIR HABEN EIN VERSTÄNDIGUNGS-PROBLEM, EDDIE.
ICH HEISSE NICHT EDDIE, SONDERN PHIL. WIE ICH GESAGT HABE.
ICH BIN GEBRAUCHTWAGENHÄNDLER.
HUKK

DAS GIBT'S DOCH NICHT! GUT, DAS FOTO WAR ETWAS UNSCHARF... ABER DU FÄHRST EINEN STUDEBAKER... UND DIE UHRZEIT STIMMTE GENAU!
MANN, DAS KANN MICH MEINEN JOB KOSTEN!
KOFF
TUT MIR WIRKLICH LEID... ICH FAHRE DICH AUCH, WOHIN DU WILLST.

DU BIST LIEB, PHIL.

ICH WERDE DICH NIE VERGESSEN.
THUNK
SO EIN MIST!

HAB'S VER-SIEBT, COLO-NEL. SORRY.
FEHLER KOM-MEN VOR. KEIN DRAMA.
ABER DU HÄTTEST IHN NICHT GANZ SO VERWÖHNEN MÜSSEN.
ER GEFIEL MIR.
NA, IST DEIN GUTES RECHT. VIELLEICHT PASST ER IN DEN KOFFERRAUM.
OH-OH...
WAS IST?

SIE HAT SECHS KUGELN IM BRUST-KORB. AMATEUR-ARBEIT.
DAS MUSS SEI-NE FRAU SEIN.
UND ER SCHIEN SO EIN NETTER KERL ZU SEIN.
GORDO AUTO SCHIEBEN.

KRIEGE ICH NOCH EINE CHANCE?
WENN DU SCHNELL BIST. DEINE ZIELPERSON NIMMT IN DREI STUNDEN DEN EXPRESSZUG VON SACRED OAKS IN DIE INNENSTADT.
ABER ICH KANN AUCH MARIAH FRAGEN.
MARIAH IST EINE NULL... UND ICH BIN AM ZUG.
ENDE

FALSCHES GLEIS

TAKKA TAKKA TAKKA TAKKA TAK TAK TAKKA
SIE IST WILD.
ICH LIEBE SIE.
ICH LIEBE SIE.
HUNH?
AAAK
SNAP

TAKKA TAKKA
DELIA... HAST DU VOR, WIRKLICH JEDEN EINZELNEN ZU VÖGELN?
NUR WENN ICH IHN MAG.
ENDE

FM

HALB EINS NACHTS, MEIN TELEFON KLINGELTE. ES WAR FARGO, ER STECKTE WIEDER IN SCHWIERIGKEITEN. SAGTE ABER NICHT, IN WAS FÜR WELCHEN.

ICH ZOG DIE HOSE AN UND WAR IN ZEHN MINUTEN BEI IHM.

ABER FARGOS PROBLEME WAREN SCHON GELÖST.

UND ICH WETTE, MEINE FANGEN GERADE ERST AN.

EINEN MOMENT STEHE ICH DA WIE EIN IDIOT UND SEHE IHN BAUMELN. DAS ARME SCHWEIN...

...ES MUSSTE MIT IHM SO ENDEN, WIE SEHR ER SICH AUCH BEMÜHTE.
UND ER HATTE SICH SEHR BEMÜHT. SEIT DREI JAHREN WAR ER CLEAN. WENN ER ANRIEF, KLANG ER NIE, ALS HÄTTE ER WAS GEWORFEN.
HAST DU WIEDER GEDEALT, KUMPEL? WARST DU SO BLÖD, DEN GROSSEN HAIEN IN DIE QUERE ZU KOMMEN?
ODER WAR DIES EINE ALTE RECHNUNG? HAT DICH DIE VERGANGENHEIT EINGEHOLT?
...NEIN. WER DIR DAS HALSBAND AUS KLAVIERSAITE UMLEGTE, HAT DEINE WOHNUNG NICHT AUS JUX VERWÜSTET. DER HAT WAS BESTIMMTES GESUCHT.
ER... ODER SIE.

...NEIN. HIER WAR VIELLEICHT EINE LADY, ABER FARGO DA HOCH ZU HIEVEN UND ZU STRANGULIEREN, DAS WAR MÄNNERARBEIT.
WENN ER BLOSS AUFHÖREN WÜRDE ZU KREISELN.
ICH WÜRDE DEN VENTILATOR JA ABSTELLEN, ABER DANN WÜRDE DIE LEICHE RUNTERFALLEN.
ICH SEHE MICH ERST MAL WEITER UM, BEVOR ICH DIE POLIZEI RUFE.
11

DIESES GESICHT IST MIR UNBE-KANNT.
GLAUBE ICH JEDENFALLS. ES IST SCHWER ZU SAGEN, DENN ES WURDE ZU BREI GESCHLAGEN, VOR SEINER LETZTEN SPÜLUNG.

BERNARD G. ZIMMER. ADRESSE IN DER NÄHE.
DIE MARKE EINES PRIVATDETEKTIVS.
EIN FOTO VON FRAU UND KIND. DIE WERDEN SICH KAUM FREUEN ÜBER DIE NEUIGKEIT.

ES WAR NICHT DAS GERÄUSCH, DAS DER KERL HINTER MIR MACHTE. ES WAR SEIN ABENDESSEN.
ER STANK NACH EIERSALAT.

FAPP
HURGG
ICH HOFFE, ICH ERLEDIGE IHN OHNE MEINE FÄUSTE. ICH HASSE SCHRAMMEN AN DEN KNÖCHELN.

FAPP
HUFF

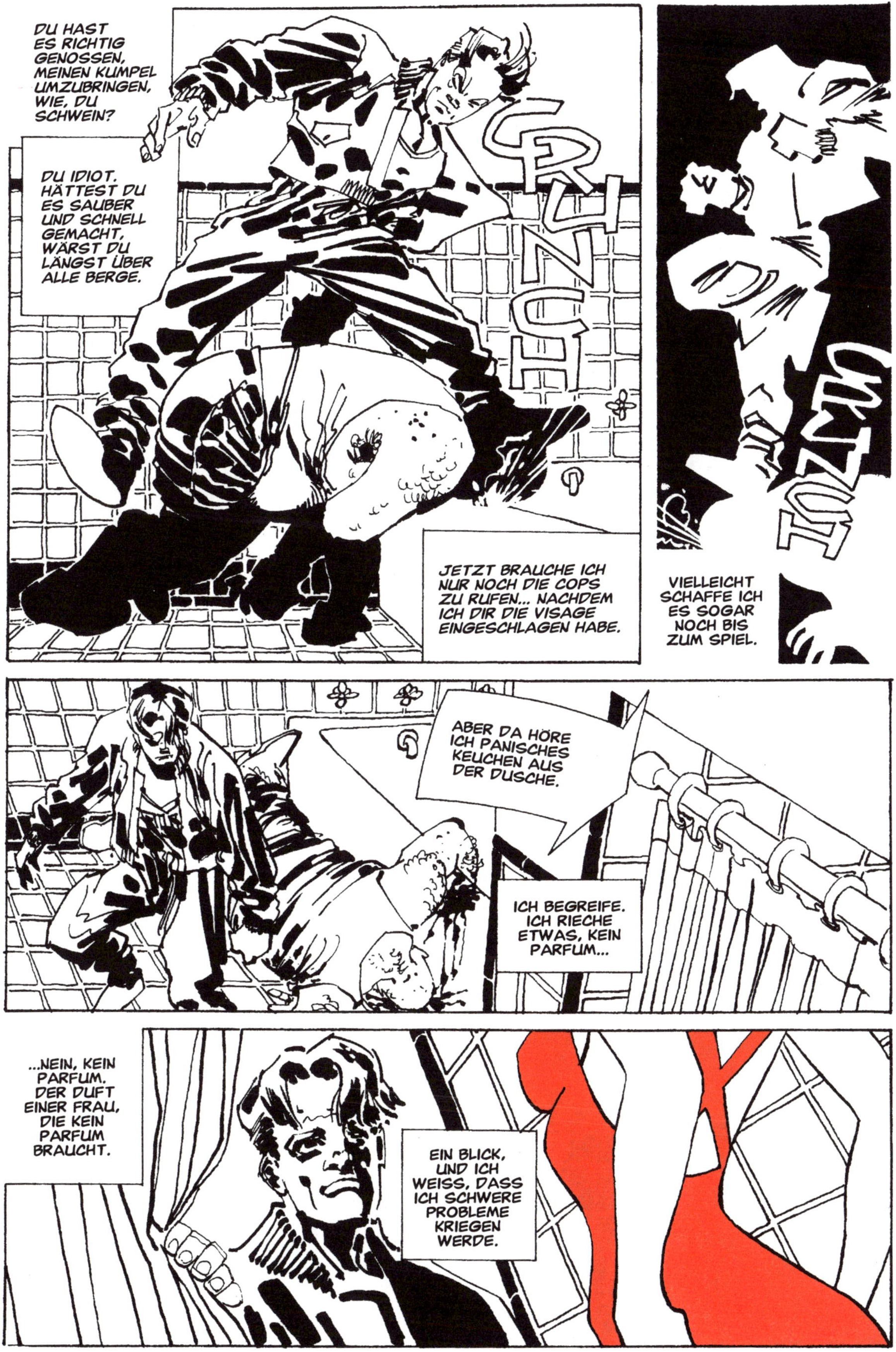
DU HAST ES RICHTIG GENOSSEN, MEINEN KUMPEL UMZUBRINGEN, WIE, DU SCHWEIN?
DU IDIOT. HÄTTEST DU ES SAUBER UND SCHNELL GEMACHT, WÄRST DU LÄNGST ÜBER ALLE BERGE.
CRUNCH
JETZT BRAUCHE ICH NUR NOCH DIE COPS ZU RUFEN... NACHDEM ICH DIR DIE VISAGE EINGESCHLAGEN HABE.
CRUNCH
VIELLEICHT SCHAFFE ICH ES SOGAR NOCH BIS ZUM SPIEL.
ABER DA HÖRE ICH PANISCHES KEUCHEN AUS DER DUSCHE.
ICH BEGREIFE. ICH RIECHE ETWAS, KEIN PARFUM...
...NEIN, KEIN PARFUM. DER DUFT EINER FRAU, DIE KEIN PARFUM BRAUCHT.
EIN BLICK, UND ICH WEISS, DASS ICH SCHWERE PROBLEME KRIEGEN WERDE.

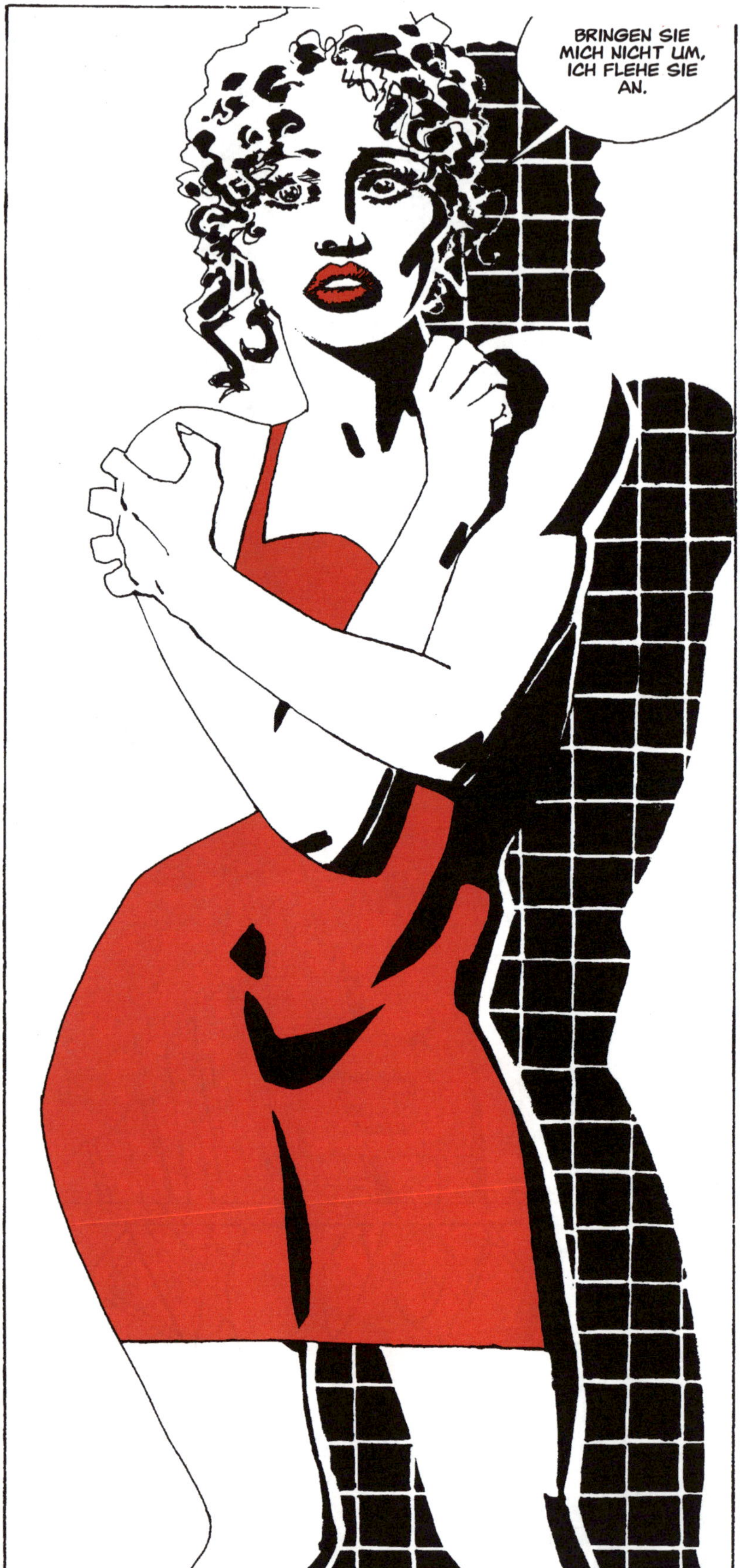

WAS IST DAS, WAS MANCHE FRAUEN AN SICH HABEN? DIE EINE IN EINER MILLION, BEI DER DIR DER KOPF SCHWIMMT #UND DER MUND TROCKEN WIRD UND DAS HERZ DIR IN DER KEHLE SITZT? ES IST NICHT NUR DAS AUSSEHEN... ES IST MEHR. ETWAS, DAS MAN SCHON VON WEITEM SPÜRT.

WAS IMMER ES IST, DIESE LADY HAT ES.

VORSICHT, SAGT MEIN CLEVERER TEIL. SEI VERDAMMT VORSICHTIG. DENK AN DEINE ALTE FEINDIN. WIE SIE LÄCHELTE UND DIR SAGTE, DASS SEX DICH IMMER ZUM NARREN MACHT.

SIE HATTE RECHT.

VORSICHT.

ICH BRINGE SIE NIRGENDWO HIN, EHE SIE MIR NICHT SAGEN, WER SIE SIND... UND WAS SIE HIER TUN.
SPAK
WIR HABEN GLÜCK.
DER ERSTE SCHUSS GEHT DANEBEN.
VON DRAUSSEN... NOCH EINER, MIT SCHALLDÄMPFER.
SIE ERSTARRT. ICH KRIEGE SIE GERADE RECHTZEITIG AUS DER SCHUSSLINIE.
SPAK
SPUKK
ICH LAUFE LOS, OHNE GROSS NACHZUDENKEN.
KHEFF
SPUKK
SPAK
SIE SCHLUCHZT IN MEINEN ARMEN UND FÄNGT AN ZU BETEN.
IN LATEIN.

ICH KANN'S NICHT AUSSTEHEN, WENN MAN EINEM MÄCHTIG DIE FRESSE POLIERT UND ER IMMER NOCH NICHT RUHE GIBT.

WENN SEIN KUMPEL MIT DEM GEWEHR NICHT WÄRE, WÜRDE ICH JA NOCH MAL RAUFGEHEN UND ES DEM KERL FÜR IMMER BESORGEN.

DER KUMPEL MIT DEM GEWEHR... UND DAS VERÄNG-STIGTE, WARME TRAUMMÄDCHEN, DAS SICH AN MICH DRÜCKT...

...SIE HAT AUFGEHÖRT ZU SCHLUCHZEN UND ZU BETEN. SIE KLAMMERT SICH SO FEST AN MEINEN HALS, DASS SIE MICH FAST ERWÜRGT. SIE ATMTET HEFTIG, ICH SPÜRE IHRE BRÜSTE.

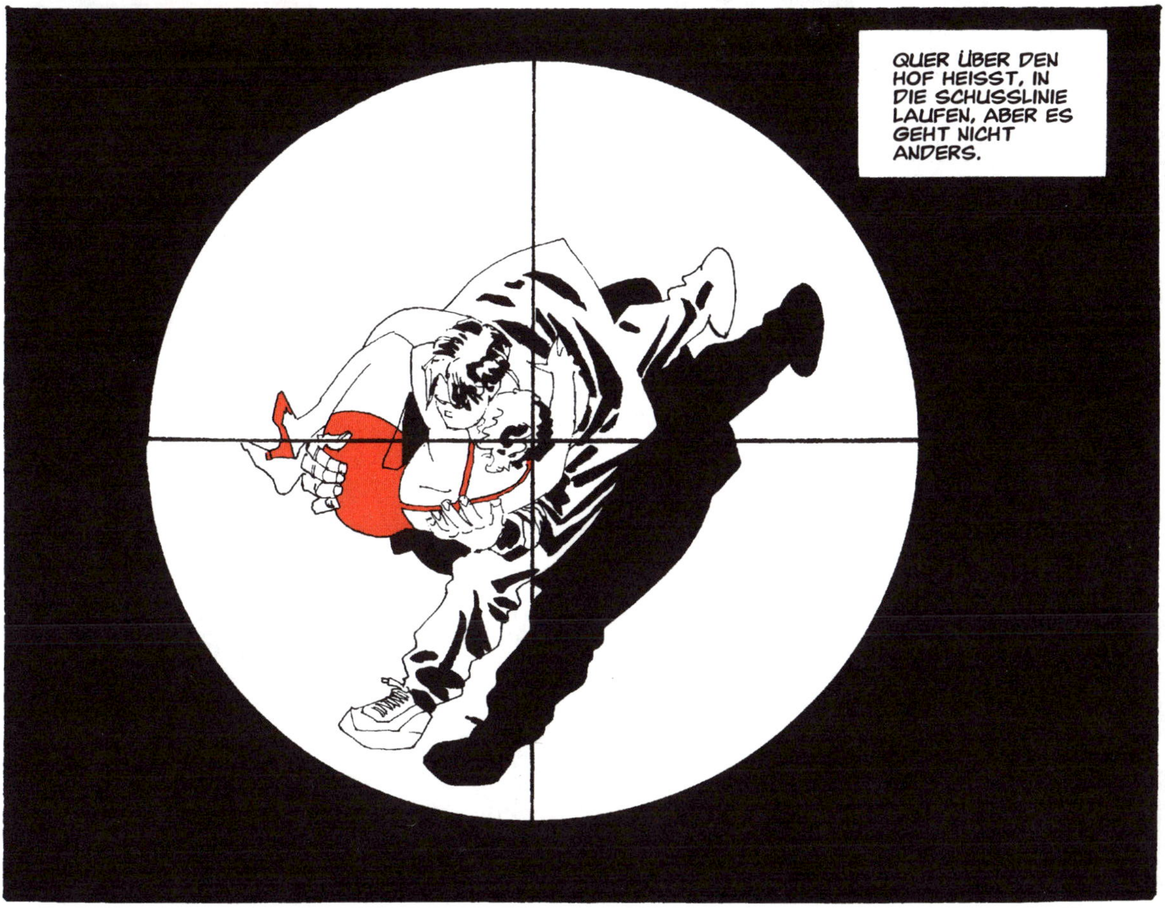
QUER ÜBER DEN HOF HEISST, IN DIE SCHUSSLINIE LAUFEN, ABER ES GEHT NICHT ANDERS.

ES IST VERDAMMT RUHIG HIER.
IHR HÖRE IHREN ATEM...
...UND WIE ER BEI JEDEM SCHALLGEDÄMPFTEN SCHUSS STOPPT...
...DEN EINSCHLAG EINER KUGEL IM ASPHALT...
...UND DANN ATMET SIE WIEDER...

ES IST SO VERDAMMT STILL...
...BIS ICH UNTER DEN SITZ LANGE UND MEINE KNARRE GREIFE UND ABDRÜCKE. MEIN ARM ZUCKT UND DER LÄRM ZERHÄMMERT DIE NACHT.
DAS BRINGT VIELLEICHT DREI SEKUNDEN VORSPRUNG.

DREI SEKUNDEN GENÜGEN VOLLAUF. DER SCHÜTZE KOMMT KAUM NOCH HOCH, WIE ICH SEHE.
UND NICHTS WIE WEG, DEN HÜGEL HINAUF. ALS ICH ANFANGEN WILL, FRAGEN ZU STELLEN, REDET SIE VON SICH AUS, HASTIG, HYSTERISCH.
ES WAR, ALS WÄRE EIN AUTO GEGEN DIE TÜR GEFAHREN... DER DICKE... ER WAR SO SCHNELL... ICH RANNTE INS BAD...
ES IST VORBEI. WER SIND SIE?

HIN UND WIEDER SEHE ICH DIE STRASSE ZURÜCK. AUFPASSEN, DASS ICH NICHT IN DIE LEITPLANKEN FAHRE. ICH MUSS DIE LADY STÄNDIG ANSEHEN.
SIE BRAUCHT FAST EINE MINUTE FÜR DIE ANTWORT.
"MARY", SAGTE SIE UND KICHERT SELTSAM. "ICH HEISSE MARY."
IMMERHIN HAT SIE EINEN NAMEN...
ICH BIN NIEMAND.
JEDER IST JEMAND. WER SIND SIE?

ICH BIN EINE PROSTITUIERTE. ICH BEGEGNETE DEINEM FREUND IN EINEM SALOON UND SPRACH IHN AN. WIR GINGEN ZU IHM. SPÄTER KAM DER ANDERE, UND DANN #DER MÖRDER.
ICH KANNTE KEINEN VON DENEN. ICH BIN NIEMAND. ICH WEISS NICHTS ÜBER DIESE SACHE.
SIE IST EINE VERDAMMT SCHLECHTE LÜGNERIN.

DANN RÖHRT EIN MÄCHTIGER V-8-MOTOR HINTER UNS. DIE WAHRHEIT MUSS NOCH WARTEN.
FARGOS MÖRDER UND DER SCHÜTZE SIND MIR AUF DEN FERSEN.
EHER, ALS ICH GEDACHT HATTE.
VERFLUCHT!

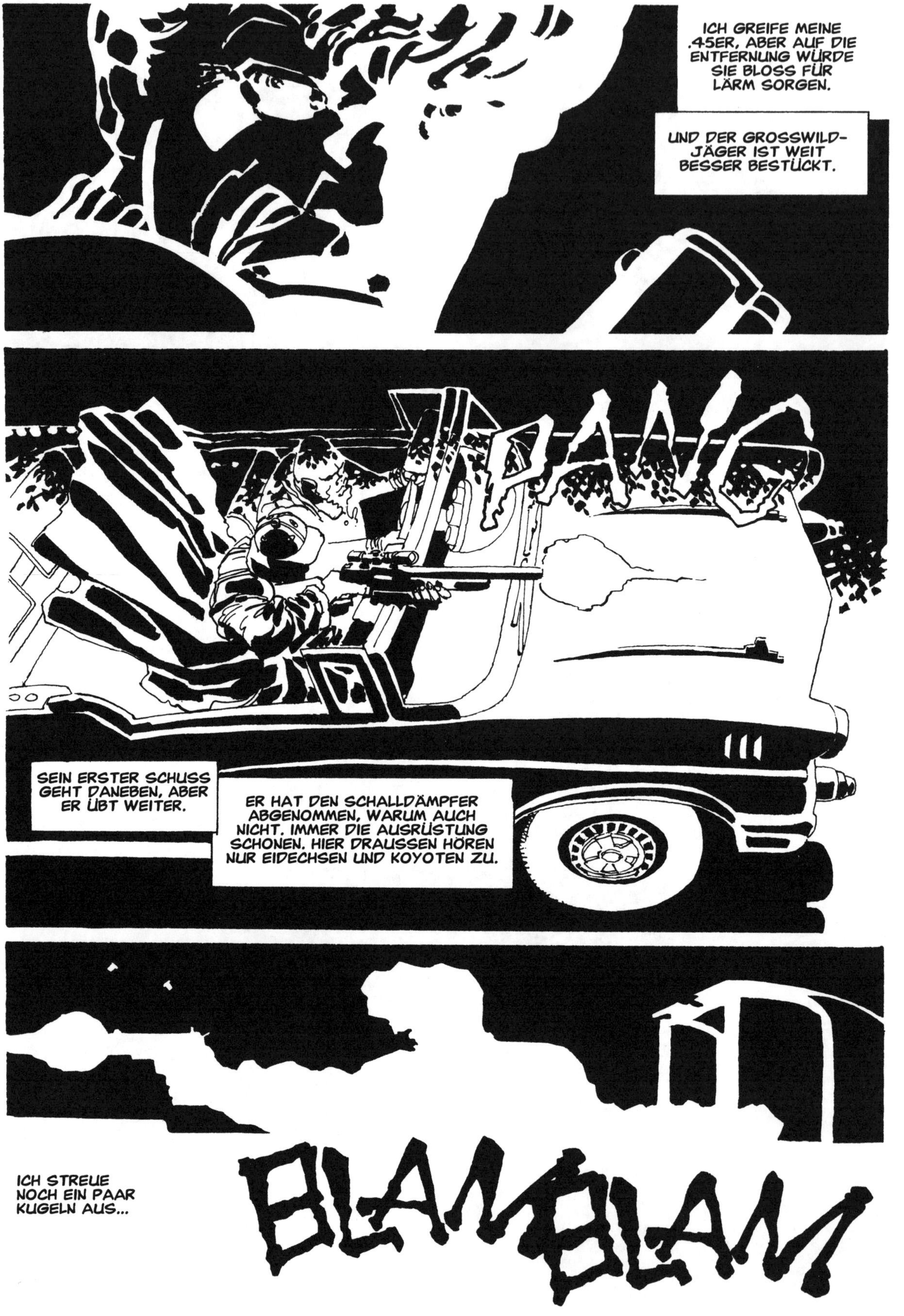
ICH GREIFE MEINE .45ER, ABER AUF DIE ENTFERNUNG WÜRDE SIE BLOSS FÜR LÄRM SORGEN.
UND DER GROSSWILD-JÄGER IST WEIT BESSER BESTÜCKT.
PANG
SEIN ERSTER SCHUSS GEHT DANEBEN, ABER ER ÜBT WEITER.
ER HAT DEN SCHALLDÄMPFER ABGENOMMEN, WARUM AUCH NICHT. IMMER DIE AUSRÜSTUNG SCHONEN. HIER DRAUSSEN HÖREN NUR EIDECHSEN UND KOYOTEN ZU.
ICH STREUE NOCH EIN PAAR KUGELN AUS...
BLAM BLAM

PANG
...VIELLEICHT ERSCHRECKE ICH EIN, ZWEI KOYOTEN.
EINE VERTEUFELTE LAGE.
ICH MUSS MIR WAS EINFALLEN LASSEN...
...DIE SPIELREGELN ÄNDERN...
?
SKREEEECHH
OKAY, LEUTE, SPIELEN WIR WAS ANDERES.

SIE KRALLT DIE FINGERNÄGEL IN MEINEN RÜCKEN. IHR OFFENER MUND IST AN MEINEM HALS, ER BEWEGT SICH WIE WAHNSINNIG. ICH HÖRE NUR DIE MOTOREN.
SIE HAT ANGST, ABER DIE ANDEREN AUCH, UND DARAUF RECHNE ICH.
KRUMP
YAAAA
DU HAST ES GESCHAFFT... FAHR ZU... ABER WARUM STOPPST DU? STIMMT WAS NICHT MIT DEM WAGEN?
NEIN, DU VERSTEHST NICHT, WIE DIESE DINGE LAUFEN. DIE SCHWEINE HABEN MEINEN FREUND UMGELEGT. SO EINFACH LASSE ICH DIE NICHT DAVONKOMMEN.
ES IST STILL HIER OBEN. SO STILL, DASS MAN DIE GRILLEN HÖRT. DIE KERLE WERDEN ES MERKEN, WENN ICH MIT REIFENQUIETSCHEN UND GEDRÖHN ZUR NÖRDLICHEN KREUZUNG FAHRE.
AN DER LENNOX WERDE ICH NUR EIN PAAR MINUTEN VORSPRUNG HABEN.
AUF DER FARM BRINGE ICH ES EIN FÜR ALLEMAL HINTER MICH.

DIE FARM.
80.000 M² UND FÜR EIN BUTTERBROT ZU HABEN, ABER KEINER WILL SIE KAUFEN. HIER GESCHAHEN ÜBLE DINGE, UND DIE LEUTE GLAUBEN, DASS ES JETZT SPUKT.
ÜBLE DINGE... UND EINER MEINER FREUNDE SITZT DESHALB IN DER TODESZELLE.
ICH FINDE EIN GUTES VERSTECK FÜR UNS. MARY SCHEINT KURZ VORM ÜBERSCHNAPPEN.
WIR KEUCHEN, ABER NICHT VOR ANSTRENGUNG. SIE PLAPPERT IRGENDWELCHEN UNSINN DAHER.
ICH VERSUCHE, IHR GUT ZUZUREDEN.
IHRE HAUT IST WIE SAHNE.
IHR MUND IST HUNGRIG, WARM UND FEUCHT.

WIEDER WARNT MICH MEIN VERSTAND. ER SAGT, ICH BIN KOMPLETT IDIOTISCH.
EINE HUNDERTSTEL SEKUNDE VIELLEICHT HÖRE ICH AUF IHN.
DANN BLOCKT SIE AB, FÄNGT AN ZU WEINEN UND ENTSCHULDIGT SICH. ICH TUE, ALS WÄRE ALLES OKAY.
...KEIN PROBLEM. DU WARST TOTAL DURCHEINANDER... WIR KENNEN UNS JA KAUM. WOMÖGLICH BIST DU SOGAR VERHEIRATET...
NEIN, VERHEIRATET NICHT. EHER SOWAS WIE VERLOBT...
DAS WAR NICHT FAIR VON MIR... ES TUT MIR LEID.
KEINE SORGE, DEIN VERLOBTER WIRD NICHTS ERFAHREN.
ER WEISS ES SCHON.
SO EIN QUATSCH...
...STILL. SIE KOMMEN. RÜHR DICH NICHT UND SAG NICHTS.

SIE BITTET MICH, DIE ZWEI NICHT ZU TÖTEN. ICH SAGE, ICH WILL'S VERSUCHEN. ICH GEBE IHR MEINE KNARRE UND GEHE RAUS.
HUFF
HNH?
CHOOM
BAM
GAKK

BLAM
JETZT ZERSCHINDE ICH MIR DOCH DIE KNÖCHEL.
ICH SCHIESSE DIE PISTOLE DES DICKEN LEER, FÜR JEDES BEIN EINE KUGEL. DAS LEGT SIE LAHM, BIS DIE BULLEN KOMMEN.
MARY... ODER WIE IMMER DU HEISST... ES WIRD ZEIT FÜR DIE ANTWORTEN. UND ZWAR ALLE.
SIE REDET. DIE ANTWORTEN SIND WIRKLICH ÜBERRASCHEND.

EINIGE STEHEN AM NÄCHSTEN TAG IN DER ZEITUNG.

DIE GAUNER ERWEISEN SICH ALS DOUGLAS KLUMP UND BURT SHLUBB, ZWEI KLEINE LOHNKILLER MIT DEM SPITZNAMEN "DICKWANST UND BÜBCHEN".

ICH BIN BEI DER ZWEITEN TASSE KAFFEE, ALS EIN PÄCKCHEN ABGELIEFERT WIRD. DA ICH OFFIZIELL TOT BIN, ÜBERRASCHT MICH POST JEDESMAL.

FARGO GAB ES AUF, BEVOR SIE IHN SCHNAPPTEN. ES ENTHÄLT BEWEISE.

MEIN ALTER KUMPEL ARBEITETE MIT DEM PRIVATDETEKTIV BERNARD ZIMMER ZUSAMMEN...

...AN EINEM BERICHT ÜBER DROGENHANDEL, DER DEM BÜRGERMEISTER UND DEM STAATSANWALT SCHAUER ÜBER DEN RÜCKEN JAGT UND DER WALLENQUISTS ADJUTANTEN IN HEKTISCHE AKTIVITÄT VERSETZT.

EIN PAAR TAGE SPÄTER KOMME ICH VON EINEM SCHARFEN FITNESSTRAINING ZURÜCK UND FINDE NOCH EIN PÄCKCHEN VOR.

DIESES IST VON MARY.

EIN ZARTES, FEDERLEICHTES SOUVENIR DER EXTRA-KLASSE. ES TRÄGT NOCH IHREN UNBESCHREIBLICHEN DUFT.
SIE STOLPERTE IN DIESES UNGLÜCK, ALS SIE MIT FARGO FLIRTETE. JA, FLIRTETE... ABER SIE LOG, ALS SIE SAGTE, SIE SEI EINE HURE.
MARY IST EIN GUT KATHOLI-SCHES MÄDCHEN, DAS KURZ VOR DER HOCHZEIT DIE PANIK BEKAM UND FAST EINEN FEHLER GEMACHT HÄTTE.
UND ICH BIN SICHER, SIE BITTET IHREN BRÄUTIGAM JETZT FLE-HENTLICH UM VERGEBUNG IHRER SÜNDE.
ICH WETTE, ER TUT'S.
ER HAT SCHLIM-MERES VERGEBEN.
ENDE

SO KOMMT'S, WENN MAN KEIN TRINK-GELD GIBT, DU SACK.

COVER GALLERY

FM

The future's
SLAM
uncertain,
and the end
CLICK CLICK CLICK
ES TUT MIR LEID...
is always near.